Physionomies Parisiennes

LES INDUSTRIELS DU MACADAM

PAR

ÉLIE FRÉBAULT

DESSINS PAR A. HUMBERT

DEUXIÈME ÉDITION

PARIS
A. LE CHEVALIER, ÉDITEUR
RUE RICHELIEU, 61.

1868

LES INDUSTRIELS

DU MACADAM

Paris. — Imprimerie L. Poupart-Davyl
rue du Bac, 30

Physionomies Parisiennes

LES INDUSTRIELS DU MACADAM

PAR

ÉLIE FRÉBAULT

DESSINS PAR A. HUMBERT

PARIS
A. LE CHEVALIER, ÉDITEUR
RUE RICHELIEU, 61

1868

SOMMAIRE

LE CÔTÉ DES ARTISTES. — Une race qui se perd. — Les temps difficiles. — Comment on devient géante. — Inconvénient des relations avec les phénomènes.

LES COULISSES DU BŒUF GRAS. — Le personnel du cortége. — Un état où la morte saison dure longtemps. — La toilette des artistes.

LES VIRTUOSES DE LA RUE. — L'invasion étrangère. — Les nationaux. — Les drames inconnus. — Un tour de *musico*. — Types populaires. — La scie de l'orgue.

LE CAMELOT. — Les gens qui ne veulent pas *être chez les autres*. — Les cartes à la chandelle. — L'article Paris. — Les ficelles du métier.

LES EXCENTRIQUES. — Les originaux de la rue. — Grandeur et décadence du marchand de coco. — Défilé d'excentriques. — La tradition de l'astronome. — Les témoins par destination.

LES PETITS MARCHANDS. — Un aperçu des petits commerces parisiens. — Les confidences d'un marchand d'habits. — Une victime des démolitions. — Les métiers ingrats. — Les lanciers de M. le Préfet. — L'homme libre du macadam. — Les phalanges du Puy-de-Dôme. — La fausse Auvergnate. — Le coup du lapin à l'Auvergnat.

LES IRRÉGULIERS DU MACADAM. — Les industries du monde interlope. — Les variétés de la carotte. — Un truc auquel on se laisse prendre. — Se méfier des monuments.

CONCLUSION.

LES INDUSTRIELS
DU MACADAM

CHAPITRE PREMIER

LE CÔTÉ DES ARTISTES

Le père Bilboquet l'a dit : *L'art est dans le marasme!* Il est passé le temps où l'avaleur de sabres, en maillot chair, exécutait son travail devant un *public idolâtre*...

Le physicien en plein vent reconnaît avec amertume que le siècle frivole n'est plus à la science...

La parade est morte!... Cette bonne parade de nos pères où Paillasse, en veste rouge, en perruque à filasse, en chapeau gris, auquel un fil de fer attachait un papillon, débitait des bêtises légendaires, devant une foule compacte qui se tordait en l'entendant parler de ses voyages sous l'*hydropique du cancer*, et dans la *Nouvelle Écorce*, où il avait été assailli par des *ours à gants*...

Nos bons ancêtres en avalaient leur cravate quand ils entendaient Paillasse annoncer qu'il voulait se faire *museau de chien* et entrer au *Concernatoire !*...

C'étaient des trépignements quand

Paillasse se permettait des malices à l'endroit des affaires publiques et qu'il s'écriait, en temps de crise : « On prétend que le commerce ne va pas ; j'avais trois chemises, j'en ai déjà vendu deux !!!.. »

Mangin fut le dernier des fantaisistes...

Le peuple est devenu exigeant... Le bourgeois se méfie... L'Auvergnat en veut pour son argent...

Nous sommes à une époque où le *saltimbanque* doit réaliser des prodiges pour arriver à une position honorable dans la société. La profession d'*équilibriste* n'est plus possible qu'à la condition d'être stupéfiante : toutes les facultés physiques et morales doivent tendre aujourd'hui à la stupéfaction des masses. Le siècle a le palais blasé et veut boire du *dur*: de même qu'il y a eu le siècle de Périclès et celui de Louis XIV, ainsi il y aura dans les annales de l'avenir un nom pour notre époque, que l'histoire appellera le *siècle du tremplin*.

Que conclure de cela?

... C'est que les professions dites *libérales* sont aujourd'hui des métiers de *meurt-de-faim*, et que les seules professions sérieuses sont les industries excentriques qui sortent du vulgaire et sont susceptibles d'étonner les populations.

Je vous le dis en vérité, celui qui trouvera le moyen de détruire d'un seul coup une armée de cent mille hommes, soit à l'aide d'obus asphyxiants, soit avec des *Chassepot* chargés de miasmes délétères; qui fera une ascension dans un ballon en compagnie d'une demi-douzaine de chiens atteints d'hydrophobie; qui dansera avec des sinapismes aux jambes, des ventouses dans les reins et des sangsues derrière l'oreille, sur un fil de fer tendu du Panthéon à l'Arc-de-Triomphe de l'Étoile... Celui-là, dis-je, n'aura point usé vainement son intelligence, et les professeurs chargés de son éducation ne lui auront pas volé son argent.

L'avenir est à lui!...

Et c'est précisément pour cette raison que la profession de saltimbanque est devenue aujourd'hui si difficile; que le métier d'artiste en plein air tombe de jour en jour; que l'espèce se raréfie, et menace de venir augmenter la lamentable nomenclature des races perdues.

Ces épaves du passé qui ont disparu de la voie publique, on les retrouve aujourd'hui aux rez-de-chaussée des maisons en construction, loués à la journée par les propriétaires, ou dans ces antiques maisons du vieux Paris qui ne sont pas encore tombées sous la pioche du démolisseur.

Le boniment lui-même a subi l'influence : il a perdu ses allures hardies et pittoresques.

Aujourd'hui il s'est réfugié à la quatrième et souvent à la première page des journaux.

La transformation du boulevard du Temple, cette foire perpétuelle où se pressait la foule, a été pour beaucoup dans la décadence du *charlatan*, qui opérait habituellement dans les parages du Château-d'Eau.

Sa voiture stationne encore parfois à la place de la Bastille ou devant le pont d'Austerlitz, quelquefois à la place de Clichy; mais il est bien déchu de son prestige du temps passé. Il n'y a plus que dans les fêtes de villages qu'il cueille encore, à la pointe de l'épée, les molaires récalcitrantes...

J'ai toujours entretenu de cordiales relations avec les phénomènes. J'ai suivi avec intérêt les commencements du bâtoniste des Champs-Élysées; j'ai assisté à la grandeur et à la décadence du phoque apprivoisé, j'ai reçu les confidences de la jeune fille colosse; j'ai connu le dernier Albinos... Eh bien! je dois le déclarer, je n'ai jamais rencontré nulle part une plus douce philosophie que dans cette classe intéressante des *industriels du macadam.*

J'ai connu jadis la Dompteuse de la barrière du Trône. C'était une forte femme qui soulevait un voltigeur à bras tendu et travaillait ses lions à coups de cravache. Elle avait pour mari un affreux petit nabot qui lui venait à peine à l'épaule et la battait comme plâtre.

La douce créature supportait tout avec résignation. Elle ne se révolta qu'une seule fois.

Le drôle la rossait avec la cravache dont elle corrigeait ses élèves; il la poursuivit ainsi jusque devant leurs cages...

Mais une fois là, le cœur de l'artiste l'emporta. Elle bondit sur le misérable et lui arracha l'instrument des mains en s'écriant : « Au moins! ne m'humilie pas devant mes animaux!!!.. »

Quant au physicien du carré Marigny, je l'ai vu cribler, mélancoliquement mais sans murmure, de ses décharges électriques les rares fantassins stationnant autour de sa machine abandonnée.

L'escamoteur de la place de la Bastille me disait, il n'y a pas longtemps : « La foi s'en va, mon cher monsieur ; les beaux jours de la muscade et du gobelet sont passés ; c'est comme le tour de force : il n'y a plus moyen ; tout le monde nous fait concurrence ; on n'a plus qu'à se retirer en province et à acheter une étude de notaire... »

Notez bien que ces artistes découragés constataient le marasme de l'art, sans pour cela récriminer contre leur siècle.

Je vous le dis, ce sont là de vrais philosophes...

Et pratiques!... vous allez en juger.

Dernièrement, un bonhomme en redingote noisette et orné d'un nez invraisemblable vient sonner à ma porte.

Il n'y a plus de ces nez ni de ces redingotes-là à notre époque.

Aussi, je flaire une aventure.

— Monsieur, me dit ce type étrange, la patronne vous demande.

— Marchons! répondis-je sans en réclamer davantage.

— La patronne n'a pas encore débuté, me dit mon homme tout en cheminant. C'est une femme bien distinguée qui lit les journaux. Elle sera contente que vous veniez chez elle avant qu'elle paraisse devant le public. D'ailleurs, elle a quelque chose à vous demander. Vous ne le lui refuserez point... n'est-ce pas, monsieur? continua-t-il d'un ton suppliant.

L'expression de cette prière adressée par cette redingote noisette révélait tout un poëme de douleur mystérieuse...

Nous nous arrêtons passage des Vertus, derrière le marché Saint-Martin, devant une maison borgne à allée étroite et longue : un corridor de tapis-franc. A l'aide d'un escalier graisseux, nous nous hissons au cinquième. Mon guide pousse une porte illustrée par la crasse de plusieurs générations.

— Stop! vous y êtes, dit-il en s'effaçant contre le mur maculé.

Je pénètre dans une pièce imparfaitement meublée, mais remplie d'un aimable désordre. Une crinoline d'immense envergure se balançait mollement à l'espagnolette de l'unique fenêtre; un paquet de cheveux s'étalait avec effronterie sur la table, entre un manche de gigot et un reste de salade aux âpres senteurs.

A mon aspect, une dame d'un embonpoint respectable se lève péniblement.

— Monsieur, vous êtes bien aimable ; soyez donc assis.

J'obéis.

— Telle que vous me voyez, reprend la dame, j'étais établie blanchisseuse au square des Arts-et-Métiers, à côté des omnibus de Vincennes. J'ai pas eu la chance, mon cher monsieur, le commerce n'allait plus. J'ai quitté la boutique. — Voyons, me dit-elle brusquement en me regardant en face, une supposition que vous seriez une belle femme et que vous vous trouveriez dans l'embarras; comment feriez-vous?...

— Mais, lui répondis-je, j'hésiterais...

— Eh bien! moi, reprit-elle vivement, je me suis décidée tout de suite. On se fait bien journaliste. Pourquoi qu'on ne se ferait pas géante?...

— Dam, lui répondis-je machinalement, c'est un état qui n'est pas salissant.

— N'est-ce pas? continua la belle femme. Eh bien! je me suis fait poser des talons de douze centimètres à mes bottines; et, avec un chignon bien relevé, une robe très-longue du bas et très-courte du haut, et une pente de deux centimètres par mètre sur la scène... je me trouve dans les conditions voulues. Écoutez donc!... on a la vocation ou on ne l'a pas... et on y arrive tout de même... en se forçant un peu...

Le *en se forçant un peu* me rappelle un mot de cette suave jeune fille qui, au bal, *se retenait de suer.*

Ici, une jeune femme, d'une belle encolure, avec des biceps à démolir un cuirassier, entra embaumant le cassis.

— Ma sœur, dit la patronne en me la présentant. Elle est aussi dans la partie.

Dans cette maison, on marchait sur des géantes!...

— Nous débutons dimanche au Trône, continua la patronne. Vous savez... vous avez vos entrées... Mais nous avons quelque chose à vous demander...

J'attendais ce moment avec impatience.

Elle reprit timidement :

— La femme à barbe végétait; elle ne faisait pas seulement ses frais de location. Depuis votre chanson, ses recettes ont monté jusqu'à vingt-cinq francs par jour. Foi d'Hélène!... (je m'appelle Hélène, interrompit l'artiste en s'inclinant) vous avez sauvé la femme à barbe qui vous doit une fière chandelle.

— Ainsi qu'à mon ami Paul Blaquière, qui a fait la musique, répondis-je.

— Naturellement, fit la belle Hélène. Eh bien! faites pour nous ce que vous avez fait pour la femme à barbe; ma sœur a de la voix, elle chantera ça devant le public. Ça nous posera crânement, et nous vous devrons notre avenir.

Ce désir, si naïvement exprimé, me sembla tellement naturel, que le lendemain je leur apportais une chanson qu'elles ont exécutée (sur l'air de la *Femme à barbe*) devant les principales cours de l'Europe, à la place du Trône et jusque dans la zone annexée; en voici deux couplets :

LES DEUX GÉANTES

I

V'nez voir les deux Vénus du Nord!
Deux Vénus qui n'sont point difformes!
D'plus, ell' sont bien él'vé!... D'abord
On n'saurait dir' qu'ell' manq' de formes...
Quand on voit Hélène et sa sœur
On admir' leur torse enchanteur...
A laquell' donn'rez-vous la pomme?...
Entrez!... Ça' n'coût' qu'un' faible somme!...

REFRAIN

C'est pas partout qu'on trouv' ces bras :
Regardez!... mais ne touchez pas!
Fort' comm' des Turcs, mais pas méchantes,
C'est nous qui sont les deux Géantes!...

II

La femm' sauvag' fait pas l'bonheur;
L'Albinos, c'n'est que d'la rengaîne;

Pour le véritable amateur,
Il n'est qu'la Géant' qui l'enchaîne...
Quand on a deux mètr' moins un quart
Au-dessus du niveau d'la *Mar*,
On n'craint pas qu'sa vertu n'chavire,
Bien qu'plus d'un cœur pour nous soupire...

C'est pas partout qu'on trouv' ces bras :
Regardez!... mais ne touchez pas!
Fort' comm' des Turcs, mais pas méchantes,
C'est nous qui sont les deux Géantes!...

A ce prix, il est doux de faire des heureux...

Pauvres artistes!... Puisse la chanson leur avoir porté bonheur, en *forçant un peu* la recette! ..

Seulement, il arriva ceci : c'est que le bruit se propagea, et que, pendant quelque temps, je fus assiégé par une légion d'*exhibiteurs* qui venaient implorer de moi la même faveur. Tantôt c'était pour une jeune fille colosse, tantôt pour un phoque, tantôt pour un enfant hydrocéphale.

Un industriel poussa même un jour la conscience jusqu'à m'amener un veau à deux têtes.

Cette fois, mon propriétaire, qui habitait la maison et avec lequel j'étais en très-bonnes relations, me fit des observations.

— Vous savez, me dit-il, je ne suis pas fier; mais je n'aime pas rencontrer des veaux à deux têtes dans mes escaliers. Si vous devez continuer à travailler pour des phénomènes, il vaudrait mieux prendre mon rez-de-chaussée qui n'est pas loué.

Je m'empressai de rassurer l'excellent homme, et je donnai la consigne au concierge.

Je fus désormais invisible pour toutes les redingotes noisettes.

CHAPITRE II

LES COULISSES DU BŒUF GRAS

PARMI les innombrables *industries du macadam*, il en est une peu connue du public, parce qu'elle ne s'exerce que pendant trois jours de l'année.

Le personnel de la boucherie parisienne concourt généralement, avec les soldats de la garnison, à la composition du cortége du bœuf gras. Les musiciens, ainsi que les mousquetaires à cheval, sont tirés des régiments de cavalerie, comme on peut s'en apercevoir facilement au pantalon basané qui passe à travers les hauts-de-chausses Louis XIII. C'est à la même source que sont puisés les innombrables tambours chargés de donner de l'entrain à la fête.

Les divinités allégoriques qui ornent le char sont prises dans un monde assez mélangé.

Le bœuf lui-même vient des gras pâturages du Cotentin ou de la Nièvre.

En somme, tous ces personnages ont une profession en dehors.

Un seul fait exception, et peut être

rangé dans la catégorie des *industriels du macadam* : c'est le bel homme qui représente le dieu Mars.

Pourquoi ?...

Je l'ai demandé bien souvent; je n'ai jamais pu le savoir.

Il paraît, d'après les traditions de la boucherie, que l'emploi de dieu Mars constitue une spécialité dont l'importance est indiscutable; de sorte que celui qui remplit ce rôle y apporte une telle conviction, qu'il n'avoue pas d'autre métier à la face de ses contemporains.

Un dimanche gras, dès le matin, je me suis transporté à feu l'abattoir Montmartre, d'où s'ébranlait alors le classique cortége.

Je voulais en avoir le cœur net.

Je demande le dieu Mars.

On me fait traverser la grande cour, où l'on était en train d'atteler le char, et l'on m'introduit dans l'échaudoir où s'habillaient les *artistes*.

Tendus sur une corde, qui allait d'un bout à l'autre de l'échaudoir, des draps d'un blanc douteux séparaient la pièce en deux portions égales, et formaient une pudique barrière entre les deux sexes.

De la sorte, les dames procédaient sans danger aux apprêts de leur toilette, ainsi sauvegardées contre tout œil indiscret.

A mon entrée, le dieu Mars, qui finissait d'amarrer sa cotte de mailles, coiffa son casque et vint à moi.

La glace fut vite rompue, et la connaissance bientôt faite.

Il me parla avec enthousiasme des joies de la journée, des stations devant les maisons officielles où c'est lui qui monte *l'Amour*, des tournées interminables chez les marchands de vin, de ses triomphes enivrants, du festin qui suit la cérémonie, des profits et des gloires du métier, etc., etc.

— Mais enfin, lui dis-je, vous avez bien de la morte saison dans votre état ?...

— Est-ce qu'il n'y en a pas partout ? me répondit ce dieu philosophe.

Trois jours de travail par année !... Ceci ne me semblait cependant pas constituer une industrie suffisamment établie...

Mais, à ce moment, le signal du départ fut donné. Les divinités s'étagèrent sur leur char; le bœuf était déjà hissé sur le sien; les mousquetaires étaient en selle... les tambours firent entendre un formidable roulement... les portes de l'abattoir s'ouvrirent toutes grandes...

Le dieu Mars me fit un geste d'adieu et courut fièrement prendre sa place...

Et le cortége défila entre deux haies de curieux enthousiastes...

C'est tout ce que j'en ai pu tirer...

Le soir, le dieu Mars était tout à Bacchus...

Après tout, il n'y a pas de sot métier...

Le dieu Mars. (p. 30.)

CHAPITRE III

LES VIRTUOSES DE LA RUE

VOICI une industrie qui occupe une place importante sur le pavé de Paris. L'Exposition universelle lui a donné un nouvel essor ; car, c'est à l'occasion de la grande solennité internationale qu'on a vu fondre sur la capitale ces essaims de petits *musicos*, échappés de tous les coins de la patrie des marchands de *figourines* en plâtre. Tous les jeunes fumistes sans emploi de Novare et autres lieux ont habilement profité de la circonstance pour marcher sur Paris, bardés de harpes en bois peint, de violons aigres, et revêtus de vieilles tuniques rapiécées, ce qui les a fait prendre par les étrangers pour des collégiens malheureux exploitant leurs vacances.

D'autres indigènes de ce pays du soleil, où fleurit la mendicité, se sont également abattus sur nos boulevards par bandes serrées, affublés de peaux de mouton, coiffés de chapeaux pointus à rubans fanés, et soufflant de tous leurs poumons dans d'affreuses musettes criardes.

Ceux-là, on les désigne plus spécialement sous le nom de *Pifferari*.

Ils ont généralement avec eux quelques jeunes fillettes maigres en costume napolitain, au teint bistré, aux grands yeux noirs effrontés, qui exécutent des danses inconnues dans les cours des maisons dont le concierge leur permet l'entrée.

L'art moderne abuse énormément de leurs espardilles crottées, de leur jupe verte en fourreau de parapluie, de leur corsage rouge, de leur *mezzaro* carrément campé sur la tête, et de leurs *pâles sourires...*

En effet, on en rencontre souvent de ces madones d'atelier qui descendent la rue des Martyrs, revenant de poser pour les peintres du boulevard de Clichy...

Une corde de plus à leur... harpe.

Nous avons eu aussi le musicien

allemand, à la longue chevelure couleur filasse, à la petite casquette à visière microscopique, s'escrimant avec un flegme germanique sur le cor, le cornet ou le trombone...

Mais tous ces nomades d'origine étrangère ne constituent qu'une classe d'*industriels du macadam* de passage.

La race autochtone, née du sol, réellement Parisienne, est représentée par :

Le chanteur des rues.

L'aveugle du pont des Arts.

Le joueur d'orgue.

L'homme orchestre.

L'homme à la clarinette.

La classe du chanteur des rues se subdivise en deux catégories bien distinctes :

Le chanteur par occasion.

Le chanteur de profession.

Le chanteur par occasion, c'est, la plupart du temps, un pauvre ouvrier sans ouvrage qui essaie de gagner le pain de la journée en se glissant timidement dans les cours de quelques vieilles maisons hospitalières.

Ce n'est pas sans hésitation qu'il s'engage dans l'allée...

Il demande humblement la permission au concierge.

Dans les quartiers populaires, le concierge, qui est amateur, l'accorde facilement.

Alors, le pauvre diable, qui est à son coup d'essai, s'avance avec l'émotion inséparable, hélas! d'un premier début... Il s'en va dans le coin le plus sombre, ôte sa casquette, et murmure d'une voix étranglée par la honte : « Messieurs... et... mesdames... pour un... malheureux ouvrier... sans... ouvrage... »

Puis il veut commencer...

Mais le son ne peut sortir... il ne lui vient que des larmes...

Et le temps se passe...

Impossible !... Il n'ose pas!...

Lui... l'homme laborieux !... le travailleur rude à la besogne... faire un pareil métier!...

Oh !... de l'ouvrage !... qui lui donnera de l'ouvrage!...

Non !... décidément il ne peut pas.

Quelques fenêtres se sont déjà ouvertes...

Il va se sauver...

Quand tout à coup... il songe à sa femme que la maladie cloue sur son grabat... un grabat si dur... l'unique matelas et sa dernière ressource... il l'a mis au mont-de-piété... il songe aux pauvre petits... grelottants autour du foyer éteint... qui l'attendent pour manger...

Ils sont à jeun depuis la veille.

Lâche !... Il s'appelle lâche !... le malheureux !

Et il commence avec des sanglots plein la voix... un de ces joyeux refrains populaires qui font se tordre sur sa chaise la bruyante clientèle de l'Alcazar et de l'Eldorádo...

Rien de plus tristement lugubre que d'entendre l'infortuné, les entrailles torturées par la faim, le cœur brisé par la douleur... entonner :

> Fallait pas qu'y aille !...

Ou :

> J'ai un pied qui r'mue !...

Les fenêtres se sont ouvertes peu à peu...

Le premier sou tombe enveloppé dans un morceau de papier...

Il n'ose pas encore se baisser pour le ramasser ; mais il reprend son courage.

Il entame le second couplet.

Le premier sou l'a désensorcelé.

Un second arrive. Puis un troisième.

Trois autres encore après le dernier couplet.

C'est déjà une livre de pain.

Les fenêtres se sont refermées. Il ramasse sa petite recette, et encouragé par ce résultat, ne sentant ni la bise, ni la neige, il s'en va recommencer dans les autres cours du quartier...

Les drames inconnus !... On les côtoie tous les jours sur le macadam...

Quel contraste entre ce malheureux chanteur par occasion et ce type d'effronterie et d'*humour* dont nous venons de parler : le *musico !*

Le *musico*, lui, est dans son élément. Il n'a pas, il n'a jamais eu d'autre moyen d'existence ; mais il n'a jamais éprouvé cette pudeur du travailleur qui rougit de recourir à la charité publique.

Le *musico*, comme le pierrot effronté de nos jardins, s'attache à vos pas, vous persécute de son harmonie agaçante, vous harcèle jusqu'à ce qu'il ait obtenu son *petit sou*.

C'est avec un entrain naïf qu'il glapit, devant les cafés du boulevard, le *Chapeau de la Marguerite*, traduit dans l'idiôme piémontais.

Il a été beaucoup parlé des *musicos*, de leur organisation sur une vaste échelle, de leur quartier général, de leur exploitation par les *patrons*, de leurs souffrances, etc.

Nous ne reviendrons donc pas sur ce sujet. Rappelons seulement ici une anecdote qui donne la mesure de la malice de ces enfants de la Péninsule.

Dernièrement, deux de ces jeunes *industriels du macadam* avisent dans le faubourg Montmartre un grand débit de liqueurs, où se pressait la foule des consommateurs.

Ils entrent discrètement, le sourire aux lèvres, espérant faire une moisson confortable.

Vain espoir !...

A peine leurs doigts eurent-ils pincé quelques notes timides sur leur instrument, que le maître de l'établissement se hâte de les flanquer à la porte.

D'autres se seraient découragés : pas eux.

L'Italien est tenace.

Après un conciliabule animé sur le trottoir, ils rejetèrent tout d'un coup leurs *z'harpes* dernière l'épaule, rentrèrent dans le débit de liqueurs, et s'approchant du comptoir d'un air déterminé :

— *Deux prounes !...* s'écrièrent-ils fièrement.

Le patron interdit hésite, pendant que de sa main, entraînée par la force de l'habitude, il saisit le bocal aux prunes...

Cependant il se décide à les servir en leur disant de se hâter et de décamper au plus vite.

Les deux *musicos*, sans tenir compte de l'observation, se mettent paisiblement à déguster leurs *prounes*.

Bientôt le patron est obligé de quitter le comptoir. Aussitôt nos virtuoses saisissent leurs instruments et commencent le concert au milieu des éclats de rire des consommateurs qui avaient suivi leur manége.

Le maître de l'établissement revient furieux; mais la consommation n'était pas payée; pendant qu'il hésite, le concert s'achève et la collecte se fait.

Ce trait le désarma, et il laissa nos *musicos* partir sans payer leurs *prounes*.

Nous avons esquissé la physionomie du *chanteur par occasion*.

La seconde catégorie de la classe, le *chanteur de profession*, pullule dans les rues de Paris, et principalement dans toute l'ancienne banlieue.

Le *chanteur de profession* a sa clientèle, *sa cour*, son public à lui qui lui fait des succès. Parfois il paye une redevance au concierge pour être seul à jouir du privilége de la place, de façon à éviter la concurrence.

C'est dans cette classe que l'on rencontre des voix douées de registres inconnus, que l'on entend des basses fantastiques et des ténors invraisemblables.

Dans la cour d'une maison que j'habitais à Montmartre venait, deux fois par semaine (les jours de marché), une robuste créature que j'ai longtemps prise pour un homme habillé en femme.

LE MARCHAND DE CHANSONS

Il n'est point partisan des embellissements de la ville (p. 54.)

Sa taille élevée, sa structure herculéenne, son encolure masculine et la virilité de son organe justifiaient suffisamment mon opinion.

Quand elle mugissait :

Que voulez-vous, mon père François?
On n'est pas d'bois... on n'est pas d'bois...

les vitres de mes croisées tremblaient sur leur base.

Une indiscrétion de mon concierge lui apprit un jour mon nom...

Ce jour-là, par un raffinement de délicate galanterie, l'astucieuse virago entonna de sa voix de stentor la *Déesse du bœuf gras*...

Elle avait véritablement le physique de l'emploi.

Le jeudi suivant, elle attaqua avec une vigueur surhumaine : *Solide au poste.*

Enfin tout mon répertoire y passa dans l'année.

Seulement elle avait pris une habitude qui finit par me devenir insupportable.

Avant chaque chanson elle s'écriait avec cet organe que je crois encore entendre :

— *Musique* d'Élie Frébault.

Paroles de Paul Blaquière.

Un jour que Blaquière était précisément chez moi, cette scène se renouvela.

Aussitôt le fougueux compositeur tressaille à cette hérésie proférée par cette voix mâle, bondit à la fenêtre et lui crie :

— *Paroles* de Frébault et *musique* de Blaquière !... animal !!!

Ce diable de Paul n'a jamais plaisanté avec ces choses-là !...

Il y a des *chanteurs de profession de primo cartello.*

Ceux-là ont des succès sérieux, et excitent parfois l'enthousiasme de leurs auditeurs. On sait l'heure à laquelle ils viennent dans chaque maison, et on les attend. Les jours où ils manquent, les locataires se demandent les uns aux autres :

— Savez-vous pourquoi la grande blonde... ou le petit brun... n'est pas venu ce matin ?...

Pour ceux-là, le métier est excellent. Dans les quartiers populaires, il est tel chanteur en vogue qui peut se faire jusqu'à dix francs dans sa journée.

Les quartiers neufs... mauvaise affaire. Un virtuose qui a de l'expérience ne s'y hasarde point.

A cette variété d'*industriels du macadam*, nous devons ajouter un type qui tend à s'effacer de jour en jour.

Je veux parler du *marchand de chansons*, qui disparaît peu à peu de Paris, depuis la transformation de la capitale.

Le *marchand de chansons* n'est point partisan des embellissements de la ville. Il n'a vu dans le percement des voies nouvelles qu'une atteinte à son industrie. Il émigre sur les départements en maudissant les démolitions, les restaurations, les reconstructions, les élargissements, rectifications et ouvertures de rues, places et squares, et en général tous les travaux en cours d'exécution.

Ne lui parlez pas de l'édilité !...

C'était un spectacle intéressant et curieux que celui de ses séances aux places du Trône, de la Bastille et aux anciennes barrières le dimanche...

Son public, composé d'ouvriers mélomanes, suit, avec une attention religieuse, l'air que lui moud l'orgue de barbarie... La femme du *rhapsode*... une grande maigre à cheveux rouges... avec un tartan à carreaux...

un cabas au bras et les petits cahiers à la main... glapit d'une voix chevrotante les couplets en vogue, que répète en chœur et à demi-voix tout l'auditoire préoccupé et essayant d'attraper le rhythme...

Si nous passons à une autre classe de virtuoses, nous arrivons à la famille des instrumentistes, section des aveugles.

Qui ne se souvient de ce type agaçant qui a occupé le pont des Arts pendant tant d'années?

Je le vois encore à l'entrée du pont, à droite, en venant du Louvre...

On faisait toujours le cercle autour de lui pour l'entendre exécuter des morceaux de grand opéra et des variations brillantes sur l'accordéon, instrument sur lequel il était d'une force prodigieuse.

Cet aveugle, gros, gras, le teint fleuri, était d'un caractère des plus malicieux.

Rien qu'à l'ouïe et au flair, il reconnaissait quand la foule était bien compacte autour de lui. Alors il interrompait brusquement son morceau, posait son accordéon sur ses genoux, mettait ses mains dans ses poches et tournait d'un air indifférent la tête du côté de la Seine.

Il restait ainsi jusqu'à ce qu'il entendît le bruit des sous tombant dans la sébille.

Alors il se remettait à jouer.

C'est ce même aveugle hargneux qui entama jadis un procès en diffamation contre un journal qui avait parlé d'une maison dont il était propriétaire à Montrouge.

Il se basait sur ce que ce bruit pouvait *nuire à son industrie.*

Le *joueur d'orgue* était un des industriels les plus répandus sur le macadam. L'espèce commence aussi à s'éclaircir.

Encore un résultat des embellissements.

Je l'apprécie vivement pour ma part, ce résultat.

Toutefois, l'orgue de barbarie est très-apprécié par les ateliers de blanchisseuses, de couturières, de fleuristes qui se cotisent souvent pour faire moudre à *l'artiste*, pendant des heures entières, les quadrilles et polkas à la mode.

Beaucoup de joueurs d'orgue louent leur instrument deux, trois, quatre et cinq francs par jour.

Quelques-uns s'attèlent à un orgue immense, un monument qui imite le cor, la trompette, le trombone et les cymbales. On n'en rencontre plus guère aujourd'hui de ce tonnage.

Il y a une *scie* qui s'est faite jadis, toujours avec succès. Cette *scie* consistait à payer un joueur d'orgue pour qu'il allât tous les matins jouer l'air de la *Grâce de Dieu* sous les fenêtres d'un ami.

Au bout de quelques jours de ce régime, on constatait des cas d'hydrophobie.

Ajoutons cependant que l'orgue a contribué puissamment à la vulgarisation des chefs-d'œuvre dans les masses. C'est par l'orgue de barbarie que le peuple a appris la *Favorite*, le *Barbier de Séville*, *Guillaume Tell*; ce n'est que par l'orgue de barbarie qu'il a connu les travaux des maîtres...

Donnons donc un bon souvenir à cet humble instrument...

L'orchestre du pauvre !...

A ce propos, n'oublions pas l'homme orchestre avec sa flûte de pan fixée à son menton, son chapeau chinois sur la tête, sa grosse caisse sur l'abdomen et ses cymbales entre les genoux.

Quant à l'homme à la clarinette, c'est une intelligente variété de la classe ci-dessus.

Voici son procédé :

Il s'arrête devant un café plein de monde et fait mine de porter à ses lèvres le bec d'une énorme clarinette. Les consommateurs épouvantés se hâtent de lui jeter quelque monnaie pour éviter l'harmonie.

Notre homme n'insiste point, ramasse ses sous, salue et s'en va recommencer ailleurs le même manége.

C'est Commerson qui, dans le temps, a éventé son truc.

Un jour que le rédacteur en chef du *Tintamarre* était assis devant un café, l'homme arrive et embouche son formidable instrument.

Personne ne souffle mot.

L'homme décontenancé ôte sa clarinette de ses lèvres, la regarde, la démonte, la remonte, la frotte sur sa manche, l'embouche de nouveau...

On ne dit encore rien.

Enfin, l'homme voyant qu'on est parfaitement décidé à l'écouter, salue et dit :

— Messieurs, je voudrais vous épargner le supplice de m'entendre... veuillez faire ma recette et je me retire.

— Nullement, lui répond Commerson, moi j'aime beaucoup la clarinette, et je tiens à en avoir pour mon argent...

— Mais, monsieur, balbutie le pauvre homme embarrassé...

— Ah çà !... vous en jouez donc bien mal ?... réplique Commerson.

— Je ne sais pas, fit l'homme, je n'ai jamais essayé.

Celui-là, c'est le musicien *par intimidation.*

Mais, hélas !... tous ces types plus ou moins pittoresques s'en vont, et disparaissent avec les dernières pierres de la vieille cité...

Qui sait ? dans quelques années, tous ces pauvres *oiseaux de la rue* ne seront peut-être plus qu'un souvenir !...

CHAPITRE IV

LE CAMELOT

Sous la dénomination de *camelot*, on comprend cette nombreuse classe d'individus qui travaille et vit exclusivement sur le macadam.

On ne doit pas confondre le *camelot* avec le *bazardier*.

Le *bazardier*, c'est le petit commerçant qui loue à la journée le rez-de-chaussée d'un immeuble à peine achevé, moyennant une redevance généralement assez modique qui varie suivant les quartiers. Le *bazardier* tient la place entre le *commerçant* en magasin et le *camelot* qui, n'ayant pas le moyen de louer boutique, installe tout simplement son étalage sur la voie publique.

Ces indisciplinés du négoce ont l'amour de la liberté poussé jusqu'à ses dernières limites.

Ils ne veulent pas *être chez les autres*, et n'entendent travailler que pour leur compte personnel.

La liberté sur le bitume!... c'est la devise de ces bohêmes du négoce parisien.

Mais tout n'est pas rose pour le *camelot* : la partie est semée de dangers. Tout en poussant son boniment, le *camelot* doit veiller au grain et avoir l'œil sur l'horizon, afin de dépister le tricorne menaçant du sergent de ville, et avoir le temps de *filer* en emportant sa marchandise.

Car le *camelot*, qui n'a pas l'autorisation de la vente sur la voie publique, est toujours sous le coup d'une arrestation et d'une saisie de son fonds.

Toutefois, on n'est généralement pas bien sévère pour cet enfant perdu de l'industrie. Quand il se laisse pincer, l'agent le mène au poste, et de là à la Préfecture, où le dépôt le détient quelquefois trois jours.

Mais bien des commissaires de police se bornent à lui adresser une paternelle admonestation, et lui donnent ensuite la volée...

Le type le plus caractéristique du *camelot*, c'est l'*homme aux poissons*.

Un grand garçon s'arrête tout à coup sur le boulevard, tire un morceau de craie de sa poche, se baisse et se met à dessiner au trait sur l'asphalte trois poissons d'une main assez exercée.

Naturellement un groupe se forme aussitôt autour du dessinateur. Au bout de quelques secondes, le groupe devient compact; au bout de cinq minutes, il y a foule.

Alors le grand garçon qui a assemblé son monde comme au son du tambour, mais d'une façon moins bruyante, tire de sa poche un paquet de cartes assez grossièrement enluminées et murmure d'un air inquiet, sondant l'espace de l'œil :

— Voyez, messieurs... voyez la *vinte*... les célébrités dansantes dans toutes les poses... C'est tout ce qui me reste... La police a fait une descente chez le fabricant... Voyez... *cinquinte* centimes... dans toutes les poses...

Puis, baissant la voix :

— Il faut voir cela... le soir... à la chandelle... La carte est transparente... vous m'entendez-bien... *cinquinte* centimes...

L'amateur assez jeune pour *gober* le boniment, achète la chose et se hâte, en rentrant chez lui, de regarder *à la chandelle*...

La carte reste telle qu'il l'a achetée.

Il en est pour ses *cinquinte* centimes.

Dans la pratique, ceci s'appelle le *tour des poissons.*

C'est ordinairement au *camelot* que l'inventeur de quelque article nouveau confie, aux approches du jour de l'an, le soin de *lancer* son invention.

C'est le *camelot* qui a lancé la fameuse *question romaine*... les points d'interrogations!... dont le succès colossal a engendré la *question d'Orient*, la *question des duchés* et autres complications des combinaisons de ces deux crochets de métal... qui ont tant préoccupé la population parisienne depuis le commencement de l'année.

Le *camelot* a réalisé de très-belles

recettes avec cet article qui lui revenait à 9 francs la grosse (les douze douzaines), et qu'il vendait à cinquante centimes la pièce, pendant la première quinzaine de janvier.

Ces négociants en plein vent, qui entrent dans les affaires avec un capital variant entre quinze sous et cinq francs, font parfois des journées de 10 à 20 francs, sur lesquels ils ont presque toujours plus de moitié, et souvent les trois quarts de bénéfice.

N'oublions pas que le *camelot*, essentiellement Parisien, indigène des faubourgs, tient exclusivement ce qu'on nomme l'*article Paris*.

Il n'y a pas d'*industrie du macadam* plus parisienne que celle-là.

Le boniment du *camelot* est généralement très-imagé.

C'est le *camelot* qui a trouvé cette heureuse locution : *L'amusement des enfants, la tranquillité des parents.*

Avec son esprit gouailleur, il a appliqué bien vite la phrase, comme une suprême ironie, à cet abominable invention fulminante qu'il vous décharge à la figure en glapissant : *Le revolver américain!... Le pistolet des familles!... L'amusement des enfants!... la tranquillité des parents!...*

Ce petit pantin articulé auquel on fait exécuter le saut des trapèzes, il l'annonce : *Le gymnaste incomparable... le Léotard des salons!...*

En un mot, il a le *pittoresque*.

Quant aux idées, il en fourmille.

Qui diable irait s'imaginer que l'imitation du chant des oiseaux peut constituer un commerce?...

Eh bien!... voilà un gamin qui rassemble les passants en soufflant dans un petit tube de verre qui trempe dans un gobelet plein d'eau, par l'extrémité opposée.

Ce jeune industriel imite ainsi, avec la plus grande perfection, le chant du rossignol, de la linotte, de la fauvette, etc., et gagne sa vie à vendre dix centimes des tubes de verre à ses contemporains.

Parmi les industries originales, signalons encore le débitant de *faux encaustique*, qui vend des boîtes contenant une substance pour colorier en acajou les meubles de cerisier, et vernir soi-même ses tables, lits, chaises, armoires, commodes et buffets.

L'industrieux *camelot* fabrique son produit avec la brique pilée qu'il ramasse dans les démolitions, et qu'il mélange avec du suif de chandelle. Cela tient au moins trois jours.

La boîte se vend dix sous. Elle revient au *camelot* à environ trois centimes...

Un joli bénéfice à réaliser dans cette partie, où les frais généraux sont insensibles.

Le *camelot* a des procédés à lui pour provoquer l'attention des passants et les pousser à la *vinte*.

J'en ai connu un à la pointe Saint-Eustache qui avait par terre, devant lui, un assortiment complet de gilets de tricot, et qui terminait ainsi son amorce au public : « Enfin, mesdames et messieurs !... tous mes articles, première qualité, sont à un bon marché tel... *que j'en suis moi-même honteux !...* »

Puis il justifiait ce bon marché, dont rougissait sa conscience, en confiant au public, sous le sceau du secret !... que ces marchandises offertes ainsi à un prix exceptionnel, provenaient de la faillite de M. X... tel rue, tel numéro.

Il indiquait de la sorte la source de chacun de ses gilets de tricot, en se constituant, de cette façon, en espèce de répertoire vivant des faillites ; ce qui ne devait pas être fort agréable pour les intéressés.

Il est très-curieux d'observer avec quel à-propos le *camelot* sait profiter du moindre recoin que lui offre la Providence, et comme il s'empresse d'utiliser les travaux de démolition dans l'intérêt de son étalage.

La pioche du Limousin vient à peine d'assener son dernier coup sur les murailles de l'immeuble condamné, que le *camelot* étale ses chandeliers en métal d'Alger, ses porte-monnaie en papier peint, ou ses cravates de couleur violente, dans l'ouverture béante de la construction éventrée.

Alors ce domicile provisoire en fait pour le moment un *bazardier.*

En résumé, tous ces marchands, qui n'ont pas d'autre magasin que le sol de la rue, qui font leur étalage sur le macadam, soit qu'ils vendent les poupards de carton sans bras ni jambes, leur revenant à 30 centimes la douzaine, ou la montre de cuivre estampé avec sa chaîne de coton jaune mêlée de fils d'or, ou les anneaux d'acier *au choix*, ou les jeux de patience découpés par bottes à la scie circulaire, ou les fouets d'enfant, à manche entouré d'une spirale de papier doré, ou le classique bébé qui parle quand on lui presse le ventre, tous ces marchands, dis-je, sont des *camelots.*

CHAPITRE V

LES EXCENTRIQUES

Nous entendons par *excentriques* les industries non classées : les individus qu'on ne saurait ranger précisément dans la catégorie des *saltimbanques*, des *virtuoses*, des *camelots* ou des *petits commerçants*, et dont l'état civil n'est pas constaté d'une manière bien nette.

Ces professions, toutefois, ne sont exercées qu'en vertu d'une autorisation de la Préfecture de police. Elles sont donc parfaitement reconnues.

Au premier rang, nous avons le *père Tripoli*, dit l'*Enfant de la gloire*, un ancien en pantalon basané, qui parcourt les rues de Paris en vendant du cirage aux civils et de la poudre à faire reluire les boutons aux militaires.

Le *père Tripoli*, qui a de beaux états de service, a eu ses moments de prospérité. En 1830, il présidait la *goguette* des *Vieux-Lapins*, à la barrière des Poissonniers, un de ces établissements si chers à nos pères, dont le *Caveau* moderne n'est qu'un imparfait postiche, et où l'on chantait la gaudriole en buvant à *ces dames* et à *la Pologne*.

Cœlina, dit *l'Homme-Vampire*,

est très-connu dans le quartier de l'École-Militaire. Il fait travailler des souris blanches dans une petite cage.

Il doit son surnom à une espèce de chauve-souris empaillée qu'il appelle emphatiquement *son vampire*, et qu'il exhibe dans les grandes occasions pour forcer la recette.

L'homme aux rats, à la maigre échine, tout le monde l'a vu arpenter mélancoliquement les pentes de la montagne Sainte-Geneviève, armé de sa longue perche, au bout de laquelle pendent les cadavres d'une demi-douzaine de rats. C'est son enseigne parlante : il débite de la *mort aux rats*.

Tout le monde connaît le *fontai-*

nier, qui souffle dans une embouchure de trompette pour prévenir le client de son passage, et qui a toujours soin de casser le robinet de droite de votre fontaine en raccommodant celui de gauche : un truc pour se faire rappeler le lendemain.

Un des types les plus populaires au bitume, c'est le *marchand de coco,* cette grande figure du passé, qui a commencé à disparaître devant l'eau de seltz et la groseille des trink-hall, de même que le Peau-Rouge des prairies recule devant la hache du squatter et les progrès de la civilisation.

On ne trouve plus guères le marchand de coco que dans les squares, avec la *marchande d'oublies*, à la claquette retentissante, et le *marchand de gaufres.*

Pauvre marchand de coco!... Tu fus le contemporain du vieux mélodrame classique des théâtres du boulevard du Temple... Tu as rafraîchi de ton liquide inoffensif toute cette pâle génération qui trépigna aux premiers coups d'estoc de Mélingue, qui salua les premiers triomphes du grand Frédérick!...

Plusieurs révolutions ont passé sur ta tête sans faire tomber une seule clochette de ta fontaine aux robinets argentés... et le torrent impétueux du progrès t'entraîne dans son courant rapide...

L'eau de seltz et la bavière mousseuse ont distancé le coco de nos ancêtres...

Certes !... ce que ton récipient contenait de réglisse n'eût pas suffi à calmer le plus faible coryza... Tu puisais le plus clair de ta marchandise chez ton ami et confrère l'Auvergnat du coin...

Mais enfin tu étanchais bien des soifs pour un sou... puis, à mes yeux, tu représentais la tradition... tu étais pour moi comme un dernier vestige du bon vieux temps... et j'éprouve pour ta mémoire cette douce sympathie que les bonnes âmes ressentent pour les races qui s'en vont...

L'industrie de la *loueuse de chaises* est demeurée florissante. Abritée sous son vaste chapeau de paille à la bergère, elle a vu tomber son voisin *Guignol*, saisi par les huissiers; elle a assisté aux derniers moments du chat traditionnel : elle est restée immuable à son poste.

L'antique *tondeuse de chiens* du Pont-Neuf (celle qui *va-t-en ville*) se fait rare : encore une industrie en décadence.

L'impôt sur ces quadrupèdes a considérablement réduit sa clientèle.

Ce n'est plus guère qu'à la place de Clichy qu'on voit la *somnambule extrà-lucide*, celle qui vous fait retrouver les objets perdus et vous dévoile les secrets de l'avenir.

Devant le pont d'Austerlitz stationne encore le *petit bossu*, qui fait passer sa bosse de son dos sur son estomac, et qui ôte son paletot afin que vous puissiez mieux suivre le *travail*.

Il n'est pas bossu de naissance. Il a été pris jadis sur la rivière entre deux gros bateaux qui l'ont broyé, et lui ont causé l'infirmité à l'aide de laquelle il gagne aujourd'hui son pain.

Le *marchand de contre-marques* s'est effacé devant le *marchand de billets*.

C'est à la mairie de Montmartre qu'on peut observer le type de l'*ouvreur de portières*, les jours de mariages : un manchot honnête et courtois qui se tient là invariablement les mardi, jeudi et samedi, pour tourner la poignée de la voiture de la mariée et garantir, par un adroit mouvement d'épaule, la blanche robe virginale du contact de la roue boueuse.

A tous les feux d'artifice du 15 août, à toutes les revues, à toutes les solemnités publiques, on trouve le gamin, à la mine éveillée, qui se faufile comme un lézard dans les rangs les plus serrés en vendant : *des cigares et du feu...*

C'est le même qui débite *des verres noircis pour fixer le soleil*, les jours d'éclipse.

L'*astronome* de la place Vendôme, comme le physicien de la Bastille, constate mélancoliquement que le siècle n'est plus à la science. Il se tient pensif près de son télescope au long tube, comme l'artilleur près de sa pièce...

Toujours environné des signes du zodiaque tracés à la craie sur l'asphalte, le pauvre vieux savant passe ses journées à réfléchir à la versatilité humaine et au néant des choses d'ici-bas. Lui aussi, il a eu son moment de splendeur. On a jadis beaucoup étudié les astres dans sa lunette. Un provincial ne quittait point Paris sans avoir fait sa visite à l'astronome.

Les noces, en sortant de l'église, se faisaient arrêter place Vendôme avant de gagner le bois; le galant astronome, bien qu'on fût en plein midi, trouvait toujours moyen de faire voir à la jeune mariée une *lune de miel* au bout du télescope.

Cette attention obtenait toujours un immense succès sur toute la ligne des invités.

Quand c'était un paysan qui venait mettre l'œil au tube, le savant, qui aimait à rire, introduisait un insecte sauteur dans l'instrument, et l'homme des champs s'en allait convaincu que la lune était habitée.

Cette plaisanterie était de fondation.

Aujourd'hui, hélas! le passant affairé traverse la place et franchit les *signes du zodiaque* sans s'arrêter... et le soir, les échos d'alentour semblent répéter avec tristesse ce cri lugubre qui a perdu son prestige :

— Qui veut voir la lune?...

Cependant, il y a pour l'astronome comme un regain d'autrefois, quand les journaux se mettent à annoncer qu'un fait intéressant doit se produire à la voûte céleste, soit éclipse, soit conjonction de deux astres, soit pluie d'étoiles ou autre phénomène sidéral. Ces jours-là, le vieux savant est dans son élément; il retrouve sa verve du bon temps, avec son public avide de savoir ce qui va se passer là-haut.

Il manie l'anecdote au besoin, et raconte à l'auditoire attentif comment Thémistocle fit, en jetant son manteau sur la tête du pilote, la démonstration des effets de cette éclipse qui avait jeté la terreur dans la flotte grecque.

Il parle des tentatives de Cyrano de Bergerac pour monter à la lune.

Il prévient sa clientèle qu'elle va

L'astronome en plein vent. (p. 86)

pouvoir observer en même temps dans le ciel les deux planètes Jupiter et Vénus, *cas qui ne se présente qu'une fois dans un siècle!...*

A cet avis, chacun dresse l'oreille et nul n'hésite à donner ses cinquante centimes pour se régaler d'un phénomène qui ne se présente qu'*une fois* dans le siècle, et que, par conséquent, il aura peu de chances de revoir dans le cours de son existence.

Pendant que la foule vient tour à tour regarder à la lunette, et que les jeunes mitrons en toque blanche s'arrêtent bouche béante devant les *signes du zodiaque*, qui empruntent à la circonstance un véritable intérêt d'actualité, le savant triomphant continue ses explications :

— A six heures du soir, mesdames et messieurs, je me permettrai de vous signaler une péripétie intéressante dans les évolutions de ces planètes. C'est à cet instant précis : six heures du soir!... ne l'oubliez pas!... que la lune se trouvera au couchant, sous la forme d'un croissant, au milieu de la distance entre Vénus, au-dessus de laquelle elle aura passé à deux heures vingt minutes et quinze secondes, et Jupiter, au-dessus duquel elle passera à huit heures cinquante-sept minutes du soir...

Malheureusement pour l'astronome, il n'y a pas tous les jours des phénomènes dans les cieux.

Ce qui fait qu'il y a trop de morte saison dans le métier...

Aussi la concurrence n'est pas grande.

Le *ramasseur de bouts de cigares* continue toujours à fournir la matière première aux fabricants de cigarettes.

Dans cette partie, on peut commencer les affaires sans un sou de capital. Il n'y a qu'à se baisser pour ramasser.

La plupart des *ramasseurs de bouts de cigares* cumulent leur profession avec celle d'*ouvreurs de portières.*

Il est une habitude qui a pris depuis plusieurs années, et qu'ils maudissent de tout leur cœur, c'est celle de ces petits tuyaux en cerisier, en bruyère ou en écume garnie d'ambre, au bout desquels beaucoup de fumeurs emmanchent leur londrès.

Ce tuyau leur fait le plus grand tort en permettant au flâneur de fumer son cigare jusqu'au bout.

Nous ne parlerons pas des cochers, qui roulent bien sur le macadam, mais qu'on ne peut considérer comme des *industriels*, puisqu'ils sont embrigadés.

Le *crieur de numéros gagnants*, pour bien faire son métier, doit posséder un gosier d'airain à l'épreuve des intempéries des saisons.

Il n'a pas d'opinions arrêtées, et crie d'une voix aussi retentissante pour la *liste des numéros gagnants* de la loterie de Toulouse ou de Châteauroux que pour celle des Enfants-Pauvres.

Le *carreleur de souliers* n'a jamais vu d'un bon œil le progrès des embellissements de la ville. Il a parfaitement compris que son humble métier n'allait plus avoir sa place dans les voies élargies et luxueuses du nouveau Paris.

Encore un souvenir du passé qui s'efface.

Accroupi en plein vent auprès d'une petite table chargée d'un perchoir, sur lequel est juché un chat huant qui vous regarde avec ses gros yeux ronds, le *débitant de pâte pour les cors*, dès qu'il voit le monde s'arrêter pour contempler l'oiseau, entame son boniment où se trouve invariablement ce raisonnement spécieux :

« Les personnes de la société qui commettent la légèreté de se couper un cor, exposent leur vie de gaieté de cœur...

« Je n'ai certes point la prétention d'affirmer à l'honorable assistance qu'en se coupant un cor, on puisse se donner la mort... mais, du moins, on peut *se l'occasionner*...

« A la suite d'une opération de ce genre, on a vu des personnes saines et bien portantes succomber en moins de temps qu'il n'en faut pour le dire...

« Avec cette pâte, tout danger est conjuré, et le cor le plus tenace est réduit à néant. »

Suit la manière de s'en servir.

CHAPITRE VI

LES PETITS MARCHANDS

CETTE classe contient une quantité si considérable de commerces divers, qu'il serait tout à fait impossible d'en donner une nomenclature complète dans le cadre de cet ouvrage.

Nous nous bornerons donc à esquisser ici la physionomie des principaux et des plus connus.

On entend généralement par *petit marchand*, celui qui promène sa marchandise dans les rues de Paris, et exerce le commerce en plein air, avec l'autorisation de la Préfecture.

Tout *petit marchand* muni de sa médaille doit l'exhiber à première réquisition d'un agent, sous peine de se voir déclarer séance tenante en contravention.

Le *petit marchand* est au *camelot* ce que le chasseur est au braconnier.

La catégorie la plus nombreuse de cette innombrable famille d'*industriels du macadam* se compose de marchands et marchandes de fruits, de légumes et de verdure; on les appelle *marchands des quatre saisons.*

Ils vont, dès le matin, s'approvisionner aux Halles centrales, d'où ils se répandent dans les différents quartiers de la ville, poussant devant eux tout leur fonds, installé sur la petite voiture à bras qu'ils louent à raison de vingt-cinq centimes l'heure.

Par tous les temps, par la pluie, par la neige, ils colportent de rue en rue leur *bel oignon*, leur *pomme de terre au bisseau...*, la *tendresse, la verdurette...*, *artichauts! des gro artichauts!...* pendant que leur confrère, la *marchande de marée*, crie sa *raie toute en vie*, ou l'*hareng qui glace*, ou le *merlan frit à frire!...*

Excellente population en général; un peu criarde parfois, mais honnête et le cœur sur la main.

Le *marchand de lorgnettes*, opticien ambulant, est Israélite. L'Israélite s'improvise opticien, comme il s'improvise dentiste à l'occasion. L'intelligence commerciale arrive à un tel point chez les fils d'Abraham, qu'ils font tous les métiers sans les avoir jamais appris.

Combien d'entre eux, qui sont aujourd'hui de gros banquiers sur la place, ont commencé les affaires en taillant des allumettes sur la voie publique.

Tous les matins, été comme hiver, qu'il pleuve ou qu'il neige, on voit descendre des hauteurs de Montmartre des petites filles chargées d'une hotte plus grosse qu'elles et d'un grand panier passé à leur bras. Hotte et panier sont remplis de leur marchandise toute fraîche cueillie dans les prés.

Mouron pour les p'tits oiseaux!... »
crie leur petite voix aigrelette qui perce à travers le tapage de la rue.

La consommation du mouron est énorme dans Paris. Dans certains quartiers populeux, chaque famille a ses serins auxquels il faut tous les matins la ration accoutumée.

Aussi ce petit commerce prospère.

Ce n'est pas à dire pour cela que les petites marchandes de mouron fassent fortune... à un sou la botte, il faut du temps pour atteindre ce résultat.

La *bouquetière* proprement dite ne se trouve plus guère que dans les théâtres, où elle a d'ailleurs d'*autres cordes à son arc*.

Sur la voie publique, il n'y a plus que des *marchandes de bouquets*; à l'époque des premières violettes, les petits bouquets d'un sou s'enlèvent comme du beurre.

Les marchés aux fleurs n'ont pas souffert de leur déplacement ; la foule s'y porte toujours comme autrefois, et les affaires y sont parfois considérables.

Le Parisien aime les fleurs.

C'est de naissance.

Le petit commerçant qui a eu le plus à se plaindre de l'Exposition universelle de 1867 (qui l'eût dit?), c'est celui qui vocifère sous les fenêtres, l'œil braqué sur les cinquièmes étages, la note sacramentelle : *Chand d'habits !...*

J'ai reçu les confidences de l'un d'entre eux. Voici ce qu'il m'a dévoilé :

« Chacun a un tas de parents de province qui tombaient sur le dos du monde à l'occasion de l'Exposition. Parmi ces parents, beaucoup de mal couverts : les gens bien allaient à l'hôtel. Alors, au lieu de *laver*, comme d'habitude, vos *frusques* défraîchies, vous les repassiez à l'oncle de Château-Chinon ou au cousin de Condé-en-Brie... Et voilà comment l'Exposition a porté un coup à notre commerce. »

J'avoue que je n'avais pas encore

envisagé l'Exposition de 1867 sous ce rapport...

Quant à la *marchande de saucisses, de grillades et de boudins*, de la pointe Saint-Eustache, elle se plaint, elle, des démolitions... Dans les transformations et embellissements de Paris, elle ne voit qu'une chose : le déplacement continuel de son étalage.

Voilà déjà trois fois qu'elle change de place, et cela gêne et désoriente la clientèle, qui vient chercher la grillade classique entre ses deux morceaux de pain *d'amonition*, en guise d'assiette.

La bonne femme se tenait primitivement au coin de la rue Saint-Honoré : le percement de la rue du Pont-Neuf l'obligea à aller s'installer de l'autre côté des Halles. Là, l'ouverture de la rue de Turbigo la fit se reculer jusqu'à la halle aux draps; mais cet édifice disparaît... Au premier coup de pioche, elle est venue se réfugier en face l'église Saint-Eustache, près du bureau des omnibus.

Aussi, quand elle apprend l'adoption, par le conseil municipal, de nouveaux travaux de viabilité, la pauvre marchande entre en ébullition... comme sa marchandise.

La *cardeuse de matelas* attend toujours la pratique de pied ferme à la place du Caire. Elle attend, mais n'exerce pas précisément sur le macadam. C'est sous la porte cochère du client que se fait son travail.

Le métier est ingrat. On a beau avoir affaire à la plus honnête *cardeuse* du monde, on est toujours disposé à croire qu'elle vous emporte de la laine de votre matelas dans sa poche.

Pourquoi ?...

C'est une tradition.

De même, on est toujours disposé à croire que la garde-malade *fait* votre sucre; que le tonnelier, qui met votre vin en bouteilles, en absorbe une partie; que le boulanger ne vous donne pas votre livre; que le boucher vous filoute sur le poids; que l'épicier vous vend des denrées avariées, ou que votre cuisinière fait danser l'anse du panier, exercice auquel elle se livre du reste très-probablement.

C'est à cette généralisation de la méfiance que nous devons évidemment l'ingénieuse invention des : *Maisons de confiance*...

Ainsi nommées, parce que le client est invité à venir y acheter les yeux fermés...

De la Bastille à la Madeleine, la *marchande d'éponges* promène sa pacotille roulée en collier à son cou. Pauvre petite!... Pourquoi ne fait-il pas toujours beau?... L'eau du ciel, qui fait gonfler ses éponges, vient encore trop souvent augmenter son fardeau et sa misère...

Et puis, quand il pleut, les passants ne s'arrêtent guère pour acheter des éponges... Et cependant, une bonne partie d'entre eux en aurait souvent bien besoin...

Cartons ronds! cartons carrés! cartons ovales! voilà d' jolis cartons, mesdames!...

Il commence à se faire rare l'homme qui psalmodiait ce cri bien connu, chargé d'une gigantesque pyramide de cartons de toutes tailles, de toutes dimensions.

Comme aspect, c'est le pendant du *marchand de balais*, qui chemine lentement par les rues, vêtu d'un costume bistré, d'une teinte à la Rembrandt, et surmonté d'un monument de balais et de plumeaux qui atteint presque, par-dessus sa tête, la hauteur d'un premier étage.

Le *rétameur de casseroles*, le *rémouleur*, le *vitrier*, le *raccommodeur de faïence et de porcelaine*, tous *industriels du macadam*, appartiennent autant à la classe des ouvriers qu'à celle des *petits marchands.*

Quant aux *balayeurs municipaux*, vulgairement, les *lanciers de M. le préfet*, voilà une corporation dont on peut dire qu'elle vit entièrement du macadam.

A peine l'aurore a-t-elle, de ses doigts de rose, entr'ouvert les portes de l'Orient, que leurs nombreuses escouades se répandent sur tous les points de la voie publique, et procèdent, sous la surveillance des inspecteurs, au nettoyage de la ville.

Si Augias avait eu à son service des

balayeurs comme les nôtres, ce monarque n'aurait pas eu besoin d'Hercule pour nettoyer ses étables.

La grande corporation des *chiffonniers* tient naturellement une des premières places parmi les *industriels du macadam.*

C'est dans le treizième et dans une partie du cinquième arrondissement que se trouve le quartier général des chiffonniers parisiens.

Il faudrait ne pas avoir sept francs dans sa poche, prix de la hotte et du crochet, pour se priver de cette ressource, à la portée de tout homme qui jouit d'une bonne santé et de ses quatre membres.

Presque toujours le chiffonnier,

après avoir adopté son état par nécessité, le continue par inclination. Il se complaît dans sa vie nomade, dans ses courses nocturnes, dans son indépendance gouailleuse. Il traite avec une fierté dédaigneuse le marchand de chiffons, auquel il porte la récolte de la nuit.

Le chiffonnier, c'est le véritable homme libre du macadam.

Il faut voir avec quelle pitié il regarde les esclaves enfermés du matin au soir dans un atelier ou derrière un établi!...

Que d'autres, mécaniques vivantes, règlent l'emploi de leur temps sur la marche tyrannique des horloges, lui, le chiffonnier philosophe, travaille quand il veut, se repose quand cela lui fait plaisir, sans souvenir de la veille... sans souci du lendemain.

Si la bise ou la neige le glace, il se réchauffe avec un *polichinelle* sur le comptoir des *bibines* du quartier.

S'il a trop chaud, il se met à l'ombre. S'il est fatigué, il s'étend par terre et s'endort.

Rien de ce que le chiffonnier ramasse au coin de la borne n'est perdu pour l'industrie.

Ainsi, les fabricants de carton et de papier achètent pour leur usage :

	PRIX de 100 kilogr.
Les *carons*, vieux papiers sales....	8 fr.
Le *gros de Paris*, toiles d'emballage, restes de sacs.............	8
Le *gros de campagne*, chiffons de couleur, cotonnades	18

Voilà une corporation dont on peut dire qu'elle vit entièrement du macadam. (p. 109)

	PRIX de 100 kilogr.
Le *gros bul*, toiles en fil, grossières et sales	20 fr.
Le *bul*, même qualité, mais plus propre	26
Le *blanc sale*, chiffons	34
Le *blanc fin*, chiffons propres et de toile de fil	44

Les chiffons d'une dimension raisonnable passent entre les mains des revendeuses à la toilette du marché du Temple. Les fabricants de produits chimiques tirent du sel ammoniac des lambeaux de laine ou de drap. On fait de nouvelles vitres avec les morceaux de verre cassé, de nouvelles ferrures avec les anciennes et de la colle-forte avec les os.

Et maintenant, finissons cette nomenclature par cette race laborieuse et âpre au gain, dont les plantureuses phalanges s'abattent de temps immémorial sur Paris... comme sauterelles en champs de blé... qui arrivent dans la capitale sans illusions et avec six francs en poche, et qui, après quelques années d'exercice, s'en retournent acheter un lopin de terre au pays.

Nous avons nommé l'Auvergnat!...

L'Auvergnat qui, à lui seul, finirait par peupler notre ville, si la Providence n'avait pris ses précautions à cet égard, en lui inculquant *ab ovo* une envie féroce de devenir un jour propriétaire dans le Cantal ou le Puy-de-Dôme...

Sans cela, l'élément parisien finirait par être absorbé par l'Auvergnat.

Quand nous disons l'*élément parisien*, nous entendons, notons-le bien, tout ce qui habite Paris, et non pas seulement ce qui y a pris naissance.

On n'ignore pas, en effet, que le Parisien né à Paris ne se rencontre que dans de très-faibles proportions dans nos murs.

Ceci posé, reconnaissons que l'Auvergnat, s'il est rapace, est dur aussi à la besogne, quelle que soit l'incarnation sous laquelle il se présente, soit en *étameur de casseroles*, soit en *décrotteur*, soit en *commissionnaire*, soit en *marchand de marrons*, soit en *charbonnier* ou en *porteur d'eau*.

Cette dernière incarnation est tellement traditionnelle chez l'Auvergnat, que quelqu'un qui n'appartiendrait point à cette race, et qui oserait adopter la spécialité de charbonnier ou de porteur d'eau, n'inspirerait aucune confiance au client, qui s'obstinerait à voir dans l'audacieux intrus un charbonnier ou un porteur d'eau pour rire.

J'ai pu constater dans la pratique l'exactitude de cette observation.

Une honnête ménagère, native de la rue Saint-Denis, a eu l'idée de prendre, avec son mari, un fonds de charbonnier et porteur d'eau dans le quartier Bréda.

Cette fausse Auvergnate, douée d'un flair et d'un tact au-dessus de son état, s'est habituée, ainsi que le mari et les enfants, à parler le plus pur charabia de la montagne.

On a eu du mal avec les mioches; quand ils prononçaient *boisseau* ou *cinq sous*, on les mettait impitoyablement au pain sec.

Lorsqu'enfin, à force d'énergie, on a pu arriver à leur faire dire : un *boicheau... chinq chous...* on les a alors lanchés, non, lancés chez le client.

Depuis ce temps-là, le commerce marche comme sur des roulettes.

La fausse Auvergnate s'enferme les jours de fête avec son époux pour parler avec lui le français de la rue Saint-Denis.

Cela la repose.

Incarné dans la peau du *marchand de marrons*, on peut considérer l'Auvergnat comme un signe d'hiver.

C'est un calendrier immuable.

Comme *décrotteur* et comme *commissionnaire*, son importance a beaucoup diminué. Le télégraphe et le bureau de cirage lui ont porté un coup dont il ne se relèvera pas.

Sic transit gloria mundi...

CHAPITRE VII

LES IRRÉGULIERS DU MACADAM

Sous ce nom, nous comprenons une catégorie d'individus dont les seuls moyens d'existence sont certaines industries interlopes, qui n'ont rien de régulier au point de vue de la société et de la morale.

Nous nous contenterons d'esquisser ici les principales espèces de ces industriels qui vivent sur le sol parisien : sans être précisément des filous, ils ne sauraient cependant être rangés dans la classe des honnêtes gens.

En première ligne, nous trouvons le *carottier* proprement dit.

Il y a une nuance entre le *carottier* et le *chevalier d'industrie*. Ce dernier appartient de plein droit à la grande famille des *voleurs*, section des *escrocs*.

Nous n'avons donc pas à nous occuper de celui-là, qui n'est pas de notre ressort.

Ne quittons point le *macadam.*

Le *carottier* pullule sur le boulevard Montmartre à *l'heure de l'absinthe.* Son but est de se faire inviter à *prendre quelque chose.* Une fois ce résultat obtenu, c'est un grand pas de fait; il arrive parfois à se faire offrir à dîner: c'est le rêve de sa journée.

C'est pour le réaliser, ce rêve, qu'il passe des heures entières à courir des bordées sur l'asphalte en interrogeant l'horizon.

Une variété du *carottier* est l'*emprunteur* du passage Jouffroy.

De cinq à neuf heures du soir, on est exposé à rencontrer, passage Jouffroy, un individu au chapeau fatigué, au linge douteux, à la redingote ravagée, qui vous propose une affaire splendide... une affaire d'or... une affaire comme on n'en rencontre pas deux fois dans sa vie... Avec un petit capital de quinze à vingt mille francs, au plus, il se fait fort de vous faire gagner, sans que vous couriez aucune chance de perte, un joli million dans votre année...

Il réfute vos objections; il vous découvre des combinaisons admirables; il fait miroiter à vos yeux des espérances éblouissantes; il vous démontre l'impossibilité d'un insuccès; il est éloquent, entraînant, convaincu, intarissable, profond, astucieux, prévoyant, persuasif...

Et finit... par vous emprunter cent sous.

Certaines *industries irrégulières*

du macadam s'exercent dans les bas-fonds de la société.

Ainsi celle de *l'homme qui se jette à l'eau pour partager la prime de vingt cinq francs avec son sauveur.*

Dans la belle saison, le métier ne manque pas de charmes. On peut, sans inconvénient, se faire sauver une demi-douzaine de fois par jour, depuis le pont de Bercy jusqu'à Asnières.

En hiver, si l'on est *feignant*, et qu'on craigne les rhumes de cerveau, on en est quitte pour ne se jeter qu'une fois à l'eau; on peut encore se faire ainsi de bonnes journées de 12 francs 50 centimes.

Mentionnons pour mémoire l'industrie des *mendiantes qui louent des bébés* pour s'installer sous des portes cochères.

Ce sont des gaillardes qui connaissent joliment leur affaire. On a beau être au courant du procédé... quelquefois on donne tout de même, en se disant *in petto :* « Si c'était vrai... malgré ça... »

Une autre industrie irrégulière... qui s'adresse principalement à l'étranger... susceptible de visiter les monuments.

Vous montez dans l'Arc-de-Triomphe de l'Étoile... A peine débouchez-vous sur la plate-forme, que vous y apercevez un individu qui enjambe le parapet en s'écriant : *O ma mère !*

Vous vous élancez et le retenez à temps... Cet homme a une histoire... Ému, vous l'écoutez jusqu'au bout... et vous versez le contenu de votre porte-monnaie en son sein... Il consent à vivre... et s'éloigne...

Quand notre homme se précipite en s'écriant : « O ma mère !... » vous n'avez qu'à le laisser faire et à lui adresser cette simple interrogation : « Et ta sœur?... »

Soyez assuré qu'il ne se précipitera point.

Enfin, une dernière industrie c'est celle de *faiseuse de tour de lac*, au bois de Boulogne, et de *chercheuse de dîner*, au passage Jouffroy et sur les boulevards : mais ici, nous nous hâtons de passer sans vouloir nous arrêter.

CHAPITRE VIII

CONCLUSION

Nous venons de donner un aperçu des différentes industries qui fleurissent sur le sol parisien. On voit que le commerce en plein air occupe une large place au soleil... Ce pauvre sol Parisien, l'a-t-on assez tourmenté, fouillé, retourné de toutes les façons!... Quoi qu'il en soit, que Paris soit bitumé, asphalté, ou macadamisé, qu'il soit pavé de pierre, de bois ou de fer, il restera toujours assez de place dans ses rues pour les *industriels du macadam*.

TABLE

Le côté des artistes 7
Les coulisses du bœuf gras 27
Les virtuoses de la rue 35
Le camelot 64
Les excentriques. 77
Les petits marchands 97
Les irréguliers du macadam 120
Conclusion 127

PARIS. — L. POUPART-DAVYL, RUE DU BAC, 30.

En vente :

COCOTTES ET PETITS CREVÉS
Par ÉD. SIEBECKER.

LE JOURNAL ET LE JOURNALISTE
par EDM. TEXIER.

RESTAURATEURS ET RESTAURÉS
Par EUGÈNE CHAVETTE.

ACTEURS ET ACTRICES
Par MONSELET.

FLOUEURS ET FLOUÉS (LES USURIER
Par ADRIEN PAUL.

LE BOHÊME
Par G. GUILLEMOT.

Sous presse :

ARTISTES ET RAPINS
Par LOUIS LEROY.

LES EMPLOYÉS
Par A. HUART

En préparation :

LE FILOU ET L'AGENT — LE BOURS
LE PROFESSEUR — LES ENFANTS
COMMIS ET DEMOISELLES DE MAGA
LA PARISIENNE, ETC., ETC.

Paris. — Imprimerie L. Poupart-Davyl, rue du Bac, 30.

www.ingramcontent.com/pod-product-compliance
Ingram Content Group UK Ltd.
Pitfield, Milton Keynes, MK11 3LW, UK
UKHW012044240726
13965UKWH00003B/1035